Relatos

Colección dirigida por
ANA MARÍA MOIX

PLAZA  JANÉS

Gustave Flaubert (Rouen 1821-París 1880) es el gran maestro de la novela realista francesa del siglo XIX y el creador de la novela moderna. Tras abandonar sus estudios de derecho, y aquejado de los primeros síntomas de una enfermedad nerviosa, se instaló en Croisset, dedicándose a la escritura con obsesivo ahínco, localidad que sólo abandonaría para pasar breves temporadas en París y realizar algunos viajes (por Francia, Córcega, Italia, Egipto, Palestina y Grecia). Debido a la profesión de su padre, cirujano, pasó parte de su infancia y adolescencia en ambientes hospitalarios: de ahí, según sus biógrafos, el carácter de su escritura, basada en la observación objetiva de la realidad y del comportamiento humano. Sus novelas (*Madame Bovary*, 1857; *Salambó*, 1862; *La educación sentimental*, 1869, y *La tentación de San Antonio*, 1874) constituyen la aparición de un nuevo modo de narrar que excluye la subjetividad del novelista. En 1877 publicó *Tres cuentos*. Después de su muerte aparecieron *Bouvard y Pécuchet* (1881), *Diccionario de tópicos* (1911) y su voluminosa *Correspondencia*, cuyas páginas encierran, en opinión de muchos estudiosos, la mejor muestra del genio de este autor. «Un alma de Dios», relato escrito en 1875, pertenece al volumen titulado *Tres cuentos*.

GUSTAVE FLAUBERT

Un alma de Dios

Traducción de
CONSUELO BERGES

PLAZA & JANÉS EDITORES, S.A.

Título original: *Un cœur simple*
Diseño de la colección: Jordi Lascorz
Ilustración de la portada: Sesé

Primera edición: septiembre, 1998

© de la traducción: Fundación Consuelo Berges
© 1998, Plaza & Janés Editores, S. A.
  Travessera de Gràcia, 47-49. 08021 Barcelona

Printed in Spain – Impreso en España

ISBN: 84-01-57054-9
Depósito legal: B. 30.897 - 1998

Fotocomposición: Comptex & Ass., S. L.

Impreso en Litografía Rosés, S. A.
Progrés, 54-60. Gavà (Barcelona)

L 570549

I

A lo largo de medio siglo, las burguesas de Pont-l'Evêque le envidiaron a madame Aubain su criada Felicidad.

Por cien francos al año, guisaba y hacía el arreglo de la casa, lavaba, planchaba, sabía embridar un caballo, engordar las aves de corral, mazar la manteca, y fue siempre fiel a su ama, que sin embargo no siempre era una persona agradable.

Madame Aubain se había casado con un mozo guapo y pobre, que murió a principios de 1809, dejándole dos hijos muy pequeños y algunas deudas. Entonces madame Aubain vendió sus inmuebles, menos la finca de Toucques y la de Greffosses, que rentaban a lo sumo cinco mil francos, y dejó la casa de Saint-Melaine para vivir en otra menos dispendiosa que había pertenecido a sus antepasados y estaba detrás del mercado.

Esta casa, revestida de pizarra, se encontraba entre una travesía y una callecita que iba a parar al río. En el interior había desigualdades de nivel que hacían tropezar. Un pequeño vestíbulo separaba la cocina de la *sala* donde madame Aubain se pasaba el día entero, sentada junto a la ventana en un sillón de paja. Alineadas contra la pared, pintadas de blanco, ocho sillas de caoba. Un piano viejo soportaba, bajo un barómetro, una pirámide de cajas y de carpetas. A uno y otro lado de la chimenea, de mármol amarillo y de estilo Luis XV, dos butacas tapizadas. El reloj, en el centro, representaba un templo de Vesta. Y todo el aposento olía un poco a humedad, pues el suelo estaba más bajo que la huerta.

En el primer piso, en primer lugar, el cuarto de «Madame», muy grande, empapelado de un papel de flores pálidas, y, presidiendo, el retrato de «Monsieur» en atavío de petimetre. Esta sala comunicaba con otra habitación más pequeña, en la que había dos cunas sin colchones. Después venía el salón, siempre cerrado, y abarrotado de muebles cubiertos con fundas de algodón. Seguía un pasillo que conducía a un gabinete de estudio; libros y papeles guarnecían los estantes de una biblioteca de tres cuerpos que circundaba una gran mesa escritorio de madera negra; los dos paneles en esconce desaparecían bajo dibujos de pluma; paisajes a la *guache* y grabados de Audran, recuerdos de un tiempo mejor y de un lujo que se había esfumado. En el segundo piso, una claraboya iluminaba el cuarto de Felicidad, que daba a los prados.

Felicidad se levantaba al amanecer, para no perder la misa, y trabajaba hasta la noche sin interrupción; después, terminada la cena, en orden la vajilla y bien cerrada la puerta, tapaba los tizones con la ceniza y se dormía ante la lumbre con el rosario en la mano. Nadie más tenaz que ella en el regateo. En cuanto a la limpieza, sus relucientes cacerolas eran la desesperación de las demás criadas. Ahorrativa, comía despacio, y recogía con el dedo las migajas del pan caídas sobre la mesa; un pan de doce libras cocido expresamente para ella y que le duraba veinte días.

En toda estación llevaba un pañuelo de indiana sujeto en la espalda con un imperdible, un gorro que le cubría el pelo, medias grises, refajo encarnado, y encima de la blusa un delantal con peto, como las enfermeras del hospital.

Tenía la cara enjuta y la voz chillona. A los veinticinco años, le echaban cuarenta. Desde los cincuenta, ya no representó ninguna edad. Y, siempre silenciosa, erguido el talle y mesurados los ademanes, parecía una mujer de madera que funcionara automáticamente.

II

Había tenido, como cualquier otra, su historia de amor.

Su padre, un albañil, se había matado al caer de un andamio. Luego murió su madre, sus hermanas se dispersaron, la recogió un labrador y la puso de muy pequeña a guardar las vacas en el campo. Tiritaba vestida de harapos, bebía, tumbada boca abajo, el agua de los charcos, le pegaban por la menor cosa y acabaron echándola por un robo de treinta sueldos que no había cometido. Entró en

otra alquería, llegó en ella a moza de corral y, como daba gusto a los amos, los
compañeros de faena le tenían envidia.

Una tarde del mes de agosto (tenía
entonces dieciocho años) la llevaron a la
romería de Colleville. Se quedó pasma-
da, estupefacta por el estruendo de los
rascatripas, las luces en los árboles, la
variedad abigarrada de los trajes, los en-
cajes, las cruces de oro, aquella masa de
gente saltando todos a la vez. Se mante-
nía apartada modestamente, cuando un
mozo muy atildado, y que fumaba en
pipa apoyado de codos en la barra de un
toldo, se acercó a invitarla a bailar. La
convidó a sidra, a café, a galletas, le regaló un pañuelo, y, creyendo que la moza
le correspondía, se ofreció a acompa-
ñarla. A la orilla de un campo de ave-

na, la tumbó brutalmente. Felicidad se asustó y empezó a gritar. El mozo escapó.

Otra tarde, en la carretera de Beaumont, Felicidad quiso adelantar a un gran carro de hierba que iba muy despacio, y, ya rozando las ruedas, reconoció a Teodoro.

El mozo la abordó tranquilamente, diciendo que tenía que perdonarle, porque era «culpa de la bebida».

Felicidad no supo qué contestar y estuvo por echar a correr.

Enseguida, Teodoro habló de las cosechas y de los notables del municipio, pues su padre se había ido de Colleville a la finca de Les Écots, de modo que ahora eran vecinos. «¡Ah!», exclamó la muchacha. El mozo añadió que deseaban casarle. Pero él no tenía prisa y esperaba una mujer que le gustara. Felicidad bajó la cabeza. Teodoro le preguntó si pensaba casarse. Respondió ella, sonriendo, que estaba mal burlarse. «No, no, ¡te lo juro!», y con el brazo izquierdo le rodeó la cintura; la muchacha andaba sostenida por aquel abrazo; acortaron el paso. El viento era suave, brillaban las estrellas, oscilaba ante ellos la enorme carretada; y los cuatro caballos, arrastrando los cascos, levantaban polvo. Después, sin que se lo mandaran, doblaron a la derecha. Él la besó otra vez. Ella se perdió en la oscuridad.

A la semana siguiente, Teodoro llegó a obtener citas.

Se encontraban al fondo de los patios, detrás de una pared, debajo de un árbol solitario. Felicidad no era inocente como las señoritas —los animales la habían enseñado—; pero la razón y el instinto de la honra le impidieron caer. Esta resistencia exasperó el amor de Teodoro, hasta tal punto que para satisfacerlo (o quizá inocentemente) le propuso casarse con ella. Felicidad no acababa de creerlo. Teodoro le hizo grandes juramentos.

Al poco tiempo confesó una cosa desagradable: el año anterior, sus padres le habían comprado un sustituto, pero cualquier día podrían volver a llamarle; la idea de ir al servicio le espantaba. Esta cobardía fue para Felicidad una prueba de cariño; el suyo se duplicó. Se escapaba por la noche, y al llegar a la cita, Teodoro la torturaba con sus acaloramientos y su porfía.

Finalmente, le anunció que iría él mismo a la prefectura a enterarse y le diría el resultado el domingo siguiente, entre las once y las doce de la noche.

Llegado el momento, Felicidad corrió al encuentro del novio.

En su lugar encontró a un amigo de Teodoro.

El amigo le dijo que no debía volver a verle. Para librarse del servicio, Teodoro se había casado con una vieja muy rica, madame Lehoussais, de Toucques.

Fue un dolor desmesurado. Se tiró al suelo, rompió a gritar, invocó a Dios y estuvo gimiendo completamente sola en medio del campo hasta el amanecer. Después volvió a la alquería, dijo que pensaba marcharse, y, pasado un mes, le dieron la cuenta, envolvió todo su equipaje en un pañuelo y se fue a Pont-l'Evêque.

Delante de la posada, preguntó a una señora con toca de viuda y que precisamente buscaba una cocinera. La muchacha no sabía gran cosa, pero parecía tener tan buena voluntad y tan pocas exigencias que madame Aubain acabó por decir: «¡Bueno, te tomo!»

Al cabo de un cuarto de hora, Felicidad estaba instalada en casa de madame Aubain.

Al principio vivió como temblando por la impresión que le causaban «el señorío de la casa» y el recuerdo de «Monsieur» planeando sobre todo. Pablo y Virginia, el uno de siete años, la otra de cuatro no cumplidos, le parecían hechos de una materia preciosa; los cargaba a caballo sobre la espalda, y madame Aubain le prohibió besarlos a cada paso, lo que le dolió. Sin embargo, estaba contenta. La apacibilidad del medio había disipado su tristeza.

Todos los jueves iban unos amigos a jugar una partida de boston. Felicidad preparaba de antemano las cartas y las rejillas. Llegaban a los ocho en punto y se marchaban antes de dar las once.

Todos los lunes por la mañana, el chamarilero que vivía debajo de la avenida exponía en el suelo sus chatarras. Después la localidad se llenaba de un runruneo de voces, en el que se mezclaban relinchos de caballos, balidos de corderos, gruñidos de cerdos, con el traqueteo seco de los carros en la calle. Al mediodía, en lo más animado del mercado, aparecía en la puerta un viejo campesino de elevada estatura, la gorra echada hacia atrás, la nariz ganchuda: era Robelin, el colono de Greffosses. Al poco tiempo llegaba Liébard, el granjero de Toucques, pequeño, gordo, colorado, con chaqueta gris y polainas armadas de espuelas.

Los dos traían al ama gallinas o quesos. Felicidad descubría invariablemente sus marrullerías y ellos se iban llenos de respeto a Felicidad.

En épocas indeterminadas, madame Aubain recibía la visita del marqués de Gremanville, un tío suyo arruinado por la mala vida y que vivía en Falaise del último pedazo de tierra que le quedaba. Se presentaba siempre a la hora de comer, con un horrible caniche que ensuciaba con las patas todos los muebles. A pesar de sus esfuerzos por parecer un caballero, hasta el punto de llevarse la mano al sombrero cada vez que decía: «Mi difunto padre», la costumbre le podía, se servía de beber vaso tras vaso y soltaba desvergüenzas. Felicidad le empujaba afuera, no sin miramientos: «¡Ya ha bebido bastante, monsieur de Gremanville! ¡Hasta otra vez!» Y cerraba la puerta.

Se la abría con gusto a monsieur Bourais, antiguo procurador. Su corbata blanca y su calvicie, la chorrera de la camisa, la amplia levita parda, la manera de sorber el rapé doblando el brazo, toda su persona le producía ese pasmo que nos causa el espectáculo de los hombres extraordinarios.

Como administraba las propiedades de «Madame», se encerraba con ella durante horas en el gabinete de «Monsieur», y siempre tenía miedo de comprometerse; respetaba muchísimo a la magistratura, tenía sus pretensiones de saber latín.

Para enseñar a los niños de manera agradable, les regaló una geografía en estampas que representaban diferentes escenas del mundo, de los antropófagos con plumas en la cabeza, un mono que se llevaba a una doncella, beduinos en el desierto, pescadores clavando el arpón a una ballena, etcétera.

Pablo dio a Felicidad la explicación de las estampas. Y fue ésta su única instrucción literaria.

La de los niños corría a cargo de

Gullot, un pobre diablo empleado del ayuntamiento, famoso por su buena letra y que afilaba el cortaplumas en la bota.

Cuando hacía buen tiempo, iban temprano a la finca de Greffosses.

El patio estaba en cuesta, la casa en el centro, y a lo lejos se veía el mar como una mancha gris.

Felicidad sacaba de su capacho lonchas de carne fría, y almorzaban en una estancia contigua a la lechería. Era el único resto de una casa de recreo, ya desaparecida. El papel de la pared, en jirones que temblaban con las corrientes de aire. Madame Aubain inclinaba la frente, abrumada de recuerdos; los niños no se atrevían a hablar. «¡Pero id a jugar!», les decía; y escapaban.

Pablo subía al granero, atrapaba pájaros, hacía remolinos en la charca o golpeaba con un palo los grandes toneles, que resonaban como tambores.

Virginia daba de comer a los conejos, se precipitaba para coger azulinas, y al correr descubría sus pantaloncitos bordados.

Una tarde de otoño volvieron por los prados.

La luna, en cuarto creciente, alumbraba una parte del cielo, y sobre las sinuosidades del Toucques flotaba como una niebla. Unos bueyes, echados en medio del prado, miraban tranquilamente pasar a aquellas cuatro personas. En el tercer pastizal se levantaron algunos y las rodearon. «¡No tengan miedo!», dijo Felicidad; y, murmurando una especie de romance, le pasó la mano por el espinazo al que estaba más cerca; el animal dio media vuelta y los otros le imitaron. Pero, ya atravesado el pastizal siguiente, oyeron un bramido formidable. Era un toro que, por la niebla, no habían visto. Avanzó hacia las dos mujeres. Madame Aubain iba a echar a correr. «¡No, no, no vayáis tan deprisa!» Sin embargo aceleraron el paso y oían detrás de ellas un resoplar sonoro que se iba acercando. Las pezuñas golpeaban como martillos la hierba de la pradera; ¡ahora galopaba! Felicidad se volvió y, con ambas manos, se puso a arrancar terrones y a tirárselos al toro a los ojos. El toro bajaba el morro, sacudía los cuernos y temblaba de furia bramando horriblemente. Madame Aubain, en la linde del prado con sus dos pequeños, alteradísima, buscaba la manera de franquear el resalto. Felicidad seguía andando hacia atrás ante el toro y tirándole terrones de césped que le cegaban, a la vez que gritaba: «¡Corran, corran!»

Madame Aubain bajó a la zanja, empujó a Virginia, después a Pablo, se cayó varias veces intentando escalar el talud, y a fuerza de valor lo consiguió.

El toro había arrinconado a Felicidad contra una empalizada; su baba le saltaba a la cara; un segundo más y la destripaba. A Felicidad le dio tiempo a colarse entre dos estacas, y el enorme animal, muy sorprendido, se detuvo.

Este trance fue, durante muchos años, tema de conversación en Pont-l'Evêque. Felicidad no se envaneció nada de su hazaña, sin ocurrírsele siquiera que había hecho algo heroico.

Su única preocupación era Virginia, pues le quedó del susto una afección nerviosa, y monsieur Poupart, el doctor, aconsejó los baños de mar de Trouville.

En aquel tiempo no eran frecuentados. Madame Aubain se informó, consultó a Bourais, hizo preparativos como para un largo viaje.

El equipaje salió la víspera, en el carro de Liébard. Al día siguiente trajo dos caballos, uno de ellos con una silla de mujer provista de un respaldo de terciopelo; y en la grupa del segundo, una especie de asiento formado por una capa enrollada. Madame Aubain montó en él, detrás de Liébard. Felicidad se encargó de Virginia, y Pablo montó el asno de monsieur Lechaptois, prestado con la condición de que lo cuidaran mucho.

La carretera era tan mala que tardaron dos horas en recorrer los ocho kilómetros. Los caballos se hundían en el barro hasta las cuartillas, y para salir hacían bruscos movimientos de ancas; o bien tropezaban en los baches; otras veces tenían que saltar. En ciertos lugares, la yegua de Liébard se paraba de pronto. El hombre esperaba pacientemente que echara a andar de nuevo; y hablaba de las personas cuyas propiedades bordeaban el camino, añadiendo a su historia reflexiones morales. Así, en el centro de Toucques, al pasar bajo las ventanas rodeadas de capuchinas, dijo encogiéndose de hombros: «Ahí tenemos una, madame Lehoussais, que en vez de tomar un mozo...» Felicidad no oyó el resto. Los caballos trotaban, el burro galopaba; tomaron todos por un sendero, se abrió una portilla, aparecieron dos muchachos, y los viajeros se apearon delante del estiércol, en el umbral de la puerta.

La tía Liébard, al ver a su ama, se deshizo en demostraciones de alegría. Les sirvió de almuerzo un solomillo, callos, morcilla, pepitoria de gallina, sidra espumosa, una tarta de frutas y ciruelas en aguardiente, todo ello acompañado de cumplidos a la señora, que parecía mejor de salud; a la señorita, que se había puesto «hermosa»; al señorito Pablo, que había engordado mucho; sin olvidar a los difuntos abuelos, a los que los Liébard habían conocido, pues estaban al servicio de la familia desde varias generaciones. La granja tenía, como ellos, un carácter de ancianidad. Las vigas del techo estaban carcomidas; las paredes, negras de humo; los cristales, grises de polvo. En un aparador de roble había toda clase de utensilios: jarras, platos, escudillas de estaño, trampas de cazar lobos, fórceps para las ovejas; una jeringa enorme hizo reír a los niños. No había en los tres patios un solo árbol que no tuviera setas al pie del tronco o una mata de muérdago en las ramas. El viento había derribado varios. Habían retoñado por el centro; y todos se doblaban bajo el peso de las manzanas. Las techumbres de paja, que parecían de terciopelo pardo y de desigual espesor, resistían a las más fuertes borrascas. Pero la carretería estaba en ruinas. Madame Aubain dijo que se iba a ocupar de esto, y mandó renovar la guarnicionería.

Tardaron todavía media hora en llegar a Trouville. La pequeña caravana se apeó para pasar Les Écores; era un acantilado al pie del cual se veían los barcos; y, pasados tres minutos, al final del muelle, entraron en el patio de «L'Agneau d'or», en casa de la tía David.

Desde los primeros días, Virginia se sintió menos débil, resultado del cambio de aires y de la acción de los baños. A falta de bañador, los tomaba en camisa, y su muchacha la vestía después en una garita de aduanero que utilizaban los bañistas.

Después de comer iban con el burro más allá de Roches-Noires, por la parte de Hennequeville. Al principio, el sendero subía entre unos terrenos ondulados como el césped de un parque. Luego llegaba a un alto donde alternaban los prados y las tierras labrantías. En las orillas del camino, entre los zarzales, sobresalían los acebos; acá y allá, un gran árbol muerto trazaba sobre el aire azul el zigzag de sus ramas.

Casi siempre descansaban en un prado, con Deauville a la izquierda, Le Havre a la derecha y enfrente el mar abierto. Estaba reluciente de sol, liso como un espejo, tan manso que apenas se oía su murmullo; piaban, escondidos, los gorriones, y todo esto bajo la inmensa cúpula del cielo. Madame Aubain, sentada, trabajaba en su labor de costura; Virginia, junto a ella, trenzaba juncos; Felicidad escardaba flores de espliego; Pablo se aburría y quería marcharse.

Otras veces pasaban el Toucques en barca y buscaban conchas. La marea baja dejaba al descubierto erizos, moluscos, medusas; y los niños corrían para coger copos de espuma que llevaba el viento. Las olas dormidas, al caer en la arena, se extendían a lo largo de la playa; era tan larga que se perdía de vista, pero por la parte de tierra tenía por límite las dunas, que la separaban del «Marais», una extensa pradera en forma de hipódromo. Cuando volvían por allí, a cada paso se iba agrandando Trouville, al pie de la ladera del otero, y con todas sus casas desiguales parecía dispersarse en alegre desorden.

Los días de mucho calor, no salían de

su cuarto. La deslumbrante claridad de afuera trazaba barras de luz entre las hojas de las celosías. Ningún ruido en el pueblo. Abajo, en la acera, nadie. Este dilatado silencio acentuaba la tranquilidad de las cosas. A lo lejos, los martillos de los calafates taponaban carenas, y una brisa pegajosa traía el olor del alquitrán.

La principal diversión era la arribada de los barcos. En cuanto pasaban las balizas, empezaban a zigzaguear. Arriaban las velas hasta los dos tercios de los mástiles; y, con la mesana inflada como un globo, avanzaban, se deslizaban en el chapoteo de las olas hasta el medio del puerto, donde echaban de repente el ancla. Enseguida el barco se arrimaba al muelle. Los marineros descargaban por la borda montones de peces palpitantes; los esperaba una fila de carros, y unas mujeres con gorro de algodón se precipitaban a coger los cestos y a besar a sus hombres.

Un día, una de ellas abordó a Felicidad, y al poco rato entró ésta muy contenta en la habitación. Había encontrado a una hermana; y apareció Anastasia Barette, casada con Leroux, llevando un niño de teta en brazos, de la mano derecha a otro niño, y a su izquierda un grumetillo con los puños en las caderas y la boina sobre la oreja.

Al cuarto de hora, madame Aubain la despidió.

Los encontraban siempre cerca de la cocina, o en los paseos que daban. Al marido no se le veía.

Felicidad les tomó cariño. Les compró una manta, camisas, un hornillo; era evidente que la explotaban. Esta flaqueza irritaba a madame Aubain, a la que además no le gustaban las familiaridades del sobrino —pues tuteaba a su hijo—; y como Virginia tosía y la estación no era buena, madame Aubain volvió a Pont-l'Evêque.

Monsieur Bourais la aconsejó sobre la elección de un colegio. El de Caen tenía fama de ser el mejor. A él mandaron a Pablo; se despidió valiente, satisfecho de ir a vivir en una casa donde habría chicos como él.

Madame Aubain se resignó a separarse de su hijo, porque era necesario. Virginia pensaba en él cada vez menos. Felicidad echaba en falta la bulla que metía. Pero vino a distraerla una ocupación; a partir de Navidad, llevaba todos los días a la niña al catecismo.

III

Hacía en la puerta una genuflexión, avanzaba bajo la alta nave entre la doble fila de sillas, abría el banco de madame Aubain, se sentaba y echaba una mirada en torno suyo.

Los niños a la derecha, las niñas a la izquierda, ocupaban los asientos del coro; el cura permanecía de pie junto al atril; en una vidriera del ábside, el Espíritu Santo dominaba a la Virgen; en otra estaba de rodillas ante el Niño Jesús, y, detrás del tabernáculo, un grupo tallado en madera representaba a san Miguel abatiendo al dragón.

El cura empezó por resumir la historia sagrada. Felicidad creía estar viendo el paraíso, el Diluvio, la torre de Babel, las ciudades envueltas en llamas, pueblos que morían, ídolos derribados. Y de este deslumbramiento conservó el respeto al Altísimo y el temor a su cólera. Después lloró escuchando la pasión. ¿Por qué le habían crucificado, a Él, que amaba a los niños, alimentaba a las multitudes, curaba a los ciegos y había querido, por bondad, nacer en medio de los pobres, sobre el estiércol de un establo? En su vida se encontraban las sementeras, las cosechas, los lagares, todas esas casas familiares de que habla el Evangelio; el paso de Dios las había santificado; y amó más tiernamente a los corderos por amor del Cordero, a las palomas por el Espíritu Santo.

Le costaba trabajo imaginar su persona; pues no era sólo pájaro, sino también una llama, y otras veces un hálito. Acaso es su luz lo que revolotea por la noche en las orillas de las charcas, su aliento lo que empuja a las nubes, su voz lo que hace armoniosas las campanas; y permanecía en adoración, gozando del frescor de las paredes y de la calma de la iglesia.

En cuanto a los dogmas, no entendía nada, ni siquiera intentó entender. El cura hablaba, los niños recitaban, Felicidad acababa por dormirse; y se despertaba de pronto, cuando los niños se iban repiqueteando con los zuecos sobre las losas.

De esta manera, a fuerza de oírlo, aprendió el catecismo, pues no había tenido en la niñez una instrucción religiosa; y desde entonces imitó todas las prácticas de Virginia, ayunando como ella, confesándose cuando ella. Para el día del Corpus, hicieron un monumento.

La primera comunión la atormentaba de antemano. Se azacaneó para los zapatos, para el rosario, para el libro, para los guantes. ¡Con qué temblor ayudó a la madre a vestirla!

Durante toda la misa sintió una especie de angustia. Monsieur Bourais le impedía ver una parte del coro; pero, justamente enfrente, el rebaño de las vírgenes con sus coronas blancas encima de los velos echados sobre la cara formaba como un campo de nieve. Y Felicidad reconocía de lejos a su querida pequeña por el cuello más bonito y el continente más recogido. Sonó la campanilla. Se inclinaron las cabezas; y hubo un silencio. Cuando el órgano rompió a tocar, los chantres y la multitud entonaron el agnusdéi; luego comenzó el desfile de los niños; y, después de ellos, se levantaron las niñas. Paso a paso, juntas las manos, se dirigían al altar todo iluminado, se arrodillaban en el primer escalón, recibían la hostia sucesivamente, y en el mismo orden volvían a sus reclinatorios. Cuando le llegó el turno a Virginia, Felicidad se inclinó para verla; y, con la imaginación que dan los verdaderos amores, le pareció que ella misma era aquella niña; su cara era la de ella, su vestido la vestía a ella, su corazón latía en su propio pecho; en el momento en que la niña abrió la boca, cerrando los párpados, Felicidad estuvo a punto de desmayarse.

Al día siguiente, temprano, se presentó en la sacristía para que el señor cura le diera la comunión. La recibió devotamente, pero no gustó las mismas delicias.

Madame Aubain quería que su hija fuera una señorita muy cumplida; y como Gullot no podía enseñarle inglés ni música, decidió ponerla interna en las ursulinas de Honfleur.

La niña se avino sin dificultad. Felicidad suspiraba, encontrando insensible a la señora. Después pensó que a lo mejor su ama tenía razón. Estas cosas rebasaban sus luces.

Por fin, un día paró a la puerta un carruaje y se bajó de él una monja que iba a buscar a la señorita. Felicidad subió el equipaje a la imperial, hizo recomendaciones al cochero y puso en el baúl seis tarros de mermelada y una docena de peras, junto con un ramillete de violetas.

En el último momento, Virginia se echó a llorar a lágrima viva; se abrazaba a su madre, que la besaba en la frente repitiendo: «¡Vamos, sé valiente, sé valiente!» Levantóse el estribo y el coche se puso en marcha.

Entonces la entereza de madame Aubain flaqueó; y aquella noche se presentaron para consolarla todos sus amigos, el matrimonio Lormeau, madame Lechaptois, las niñas Rochefeuille, monsieur de Houppeville y Bourais.

Al principio, la privación de su hija le fue muy penosa. Pero tres veces por semana recibía carta suya, los otros días le escribía ella, paseaba por el jardín, leía un poco, y de este modo llenaba el vacío de las horas.

Por la mañana, Felicidad entraba por costumbre en el cuarto de Virginia y contemplaba las paredes. Le daba pena no tener ya que peinarla, atarle los cordones de las botas, arroparla en la cama. Y no estar viendo siempre su linda cara, no llevarla de la mano cuando salían juntas. Probó a llenar el tiempo haciendo encaje. Sus dedos, demasiado torpes, rompían los hilos; no entendía nada, había perdido el sueño, estaba —tal era su palabra— «minada». Por «distraerse», pidió permiso para recibir a su sobrino Víctor.

Llegaba los domingos después de misa, colorados los carrillos, desnudo el pecho, y oliendo al campo que había atravesado. Felicidad se apresuraba a ponerle la mesa. Almorzaban uno frente a otro, y, comiendo ella lo menos posible por ahorrar gasto, le atiborraba tanto de comida que el muchacho acababa por dormirse. A la primera campanada del toque a vísperas, le despertaba, le cepillaba el pantalón, le hacía el lazo de la corbata y se iba a la iglesia apoyada en el brazo del sobrino con un orgullo maternal.

Los padres le encargaban siempre que se llevara algo, un paquete de azúcar terciada, jabón, aguardiente, a veces hasta dinero. Le llevaba sus pingos a la tía para que se los remendara, y Felicidad aceptaba esta tarea contenta porque aquello le obligaba a volver.

En agosto, el padre le embarcó en el cabotaje.

Era tiempo de vacaciones. La llegada de los niños la consoló. Pero Pablo se estaba volviendo caprichoso y Virginia ya no tenía edad para tutearla, lo que determinaba una situación violenta, una barrera entre ellas.

Víctor navegó sucesivamente a Morlaix, a Dunkerque y a Brighton; de cada viaje le traía un regalo. La primera vez fue una caja de conchas; la segunda, una taza de café; la tercera, un gran *pain d'épice* en forma de hombre. Iba siendo un guapo mozo, buen tipo, un poco de bigote, bonitos ojos francos, y una gorra de cuero echada hacia atrás como un piloto. La entretenía contándole historias con términos marineros.

Un lunes, 14 de julio de 1819 (Felicidad no olvidó la fecha), Víctor le dijo que se había enrolado para travesías largas, y que, a los dos días, se iría en el barco de línea de Honfleur, para embarcar en su goleta, que zarparía pronto de Le Havre. Quizá tardaría dos años en volver.

La perspectiva de tan larga ausencia puso muy triste a Felicidad; y para despedirse de él otra vez, el miércoles por la noche, después de cenar con la señora, calzó los zuecos y se tragó las cuatro leguas que separan Pont-l'Evêque de Honfleur.

Cuando llegó al Calvario, en vez de tomar a la izquierda tomó a la derecha, se perdió en unas obras, volvió sobre sus pasos; unas personas a quienes preguntó le dijeron que se diera prisa. Bordeó la dársena llena de barcos, tropezaba con las amarras; después el terreno fue bajando, se entrecruzaron luces, y Felicidad se creyó loca porque veía caballos en el cielo.

En el borde del muelle relinchaban otros, asustados por el mar. Un polipasto los levantaba del muelle y los bajaba a un barco, donde se tropezaban unos viajeros entre barriles de sidra, cestos de quesos, sacos de cereales, se oía cacarear gallinas, el capitán juraba, y un grumete permanecía de codos en la serviola, indiferente a todo aquello. Felicidad, que no le había reconocido, gritaba: «¡Víctor!»; el grumete levantó la cabeza;

cuando Felicidad se lanzaba hacia él, retiraron de pronto la pasarela.

El barco, que unas mujeres remolcaban cantando, salió del puerto. Crujían las cuadernas, lentas olas le azotaban la proa. La vela había girado, ya no se veía a nadie; y ponía sobre el mar plateado por la luna una mancha negra que iba palideciendo, hasta que se hundió en el horizonte.

Al pasar por el Calvario, Felicidad quiso encomendar a Dios a lo que más quería; y rezó mucho tiempo, de pie, llena de lágrimas la cara, los ojos mirando a las nubes. La ciudad dormía, rondaban unos aduaneros; y por las bocas de la esclusa caía sin parar el agua, con un ruido de torrente. Dieron las dos.

El locutorio no se abría antes de amanecer. Seguro que si volvía tarde se enfadaría la señora; y, a pesar de su deseo de dar un beso a la otra niña, Felicidad no esperó. Cuando entraba en Pontl'Evêque, se despertaban las mozas de la fonda.

¡De modo que el pobre chiquillo iba a pasar meses corriendo el mundo sobre las olas! Sus anteriores viajes no la habían asustado. De Inglaterra y de Bretaña se volvía; pero América, las Colonias, las Islas, todo eso estaba allá perdido Dios sabe dónde, en el fin del mundo.

Y Felicidad ya no pensó más que en su sobrino. Los días de sol, la atormentaba la sed; cuando había tormenta, temía por él al rayo. Al oír el viento que zumbaba en la chimenea y se llevaba las pizarras, le veía azotado por aquella misma tempestad, en la punta de un mástil partido, todo el cuerpo hacia atrás, bajo una sábana de espuma; o bien —recuerdo de la geografía en estampas— se lo comían los salvajes, se lo llevaban los monos a un bosque, se moría caminando a través de una playa desierta. Y Felicidad no hablaba nunca de sus preocupaciones.

Madame Aubain tenía otras por su hija.

Las buenas de las monjas decían que era cariñosa, pero delicaducha. La menor emoción la perturbaba. Hubo que abandonar el piano.

Su madre exigía al convento una correspondencia fija. Una mañana que el cartero no llegaba, madame Aubain se impacientó; se paseaba por la sala, de la butaca a la ventana. ¡Era verdaderamente extraordinario! ¡Cuatro días sin noticias!

Para que se consolara con su ejemplo, Felicidad le dijo:

—Pues yo, señora, hace seis meses que no tengo carta...

—¿De quién?

La criada contestó despacio:

—Pues... de mi sobrino.

—¡Ah, tu sobrino! —y madame Aubain, encogiéndose de hombros, reanudó su paseo, lo que quería decir: «¡Ni me acordaba de él...! Además, a mí qué me importa. Un grumete, un zarramplín, ¡vaya una cosa...! Mientras que mi hija... ¡qué ocurrencia...!»

Felicidad, aunque de crianza rústica, se indignó contra la señora, luego olvidó.

Le parecía muy natural perder la cabeza por causa de la pequeña.

Los dos niños tenían la misma importancia; los unía en su corazón, y su destino tenía que ser el mismo.

El boticario le dijo que el barco de Víctor había llegado a La Habana. Él lo había leído en un periódico.

Por los cigarros puros, Felicidad se figuraba que La Habana era un país donde no se hacía otra cosa que fumar, y que Víctor circulaba entre negros en una nube de humo de tabaco.

¿Se podía «en caso de apuro» regresar por tierra? ¿A qué distancia estaba de Pont-l'Evêque? Para saberlo, preguntó a monsieur Bourais.

El hombre alcanzó su atlas, después se metió en explicaciones sobre las longitudes; y tenía una sonrisa bondadosa, de maestro, ante el pasmo de Felicidad. Por último, con su lapicero, señaló en los picos de una mancha ovalada un punto negro, imperceptible, añadiendo: «Aquí está.» Felicidad se inclinó sobre el mapa; aquella red de líneas de colores le cansaba la vista y no le decía nada; y como Bourais la invitara a decir cuál era su perplejidad, Felicidad le pidió que le señalara la casa donde estaba Víctor. Bourais levantó los brazos, estornudó, se rió muchísimo; semejante candor suscitaba su jovialidad; y Felicidad no entendía el motivo, ella que esperaba quizá ver hasta el retrato de su sobrino, pues así de limitada era su inteligencia.

Pasados quince días, a la hora del mercado, como de costumbre entró Liébard en la cocina y le entregó una carta que mandaba el cuñado. Como ninguno de los dos sabía leer, Felicidad recurrió a su señora.

Madame Aubain, que estaba contando los puntos de una labor de aguja, la posó a su lado, abrió la carta, se estremeció y, en voz baja, con una mirada profunda:

—Es una desgracia... que te comunican. Tu sobrino...

Había muerto. La carta no decía más.

Felicidad se derrumbó sobre una silla, apoyando la cabeza en la pared, y cerró los párpados, que se le pusieron de pronto color de rosa. Después, inclinada la frente, las manos colgando, fijos los ojos, repetía a intervalos:

—¡Pobre chiquillo! ¡Pobre chiquillo!

Liébard la contemplaba suspirando. Madame Aubain temblaba un poco.

Le propuso ir a Trouville a ver a su hermana.

Felicidad contestó, con un gesto, que para qué.

Hubo un silencio.

El bueno de Liébard juzgó conveniente retirarse.

Entonces Felicidad dijo:

—¡A ellos qué les importa!

Volvió a bajar la cabeza y de vez en cuando, maquinalmente, levantaba las largas agujas sobre el costurero.

Pasaron al patio unas mujeres con unas angarillas de las que goteaba un montón de ropa que acababan de lavar.

Felicidad, al verlas a través de los cristales, se acordó de su colada; la había hecho la víspera, pero había que aclararla; y salió de la casa.

Su tabla y su tina estaban en la orilla del Toucques; echó junto a ella un montón de camisas, se remangó, empuñó la pala; y los fuertes golpes que daba llegaban a las huertas de al lado. Los prados estaban desiertos, el viento agitaba el río; al fondo se inclinaban grandes hierbas, como cabelleras de cadáveres flotando en el agua. Felicidad contenía su pena, estuvo hasta la noche muy valiente; pero, ya en su cuarto, se entregó, boca abajo sobre el colchón, la cara en la almohada y los puños en las sienes.

Pasado mucho tiempo, supo por el propio capitán de Víctor las circunstancias de su fin. Le habían sangrado demasiado en el hospital, por la fiebre amarilla. Le sujetaban cuatro médicos a la vez. Murió inmediatamente, y el jefe dijo: «¡Bueno, uno más!»

Los padres le habían tratado siempre brutalmente. Felicidad prefirió no verlos nunca más; y ellos tampoco se preocuparon de ella, por olvido o por el endurecimiento que da la miseria.

Virginia se iba debilitando.

Opresión en el pecho, tos, una fiebre continua y unas rosetas en los pómulos denotaban una afección profunda. Monsieur Poupart había aconsejado una temporada en Provenza. Madame Aubain se decidió y, de no ser por el clima de Pont-l'Evêque, se habría traído enseguida a su hija a casa.

Concertó un arreglo con un hombre que alquilaba coches; la llevaba al convento los martes. En el jardín hay una terraza desde la cual se ve el Sena. Virginia paseaba por ella del brazo de su madre, sobre las hojas de parra caídas. A veces, mirando las velas en la lejanía y todo el horizonte, desde el castillo de Tancarville hasta los faros de Le Havre, el sol, atravesando las nubes, la obligaba a entornar los párpados. Después descansaban en el cenador. La madre se había procurado un pequeño barril de excelente vino de Málaga; y, riendo ante la idea de emborracharse, la niña bebía dos dedos, nada más.

Recuperó las fuerzas. Transcurrió el otoño apaciblemente. Felicidad tranquilizaba a madame Aubain. Pero una noche en que había ido a llevar un recado a las cercanías, encontró ante la puerta el cabriolé de monsieur Poupart; monsieur Poupart estaba en el vestíbulo. Madame Aubain se estaba atando el sombrero.

—Dame la rejilla, la bolsa, los guantes. ¡Más deprisa!

Virginia tenía una fluxión de pecho; era quizá caso desesperado.

—¡Todavía no! —dijo el médico; y subieron los dos al coche, bajo los copos de nieve que caían en torbellino. Estaba anocheciendo. Hacía mucho frío.

Felicidad se precipitó a la iglesia para encender una vela. Después corrió detrás del cabriolé y lo alcanzó al cabo de una hora, saltó ligeramente por la trasera y, sostenida en las espirales, se acordó de una cosa: ¡No habían cerrado el patio! ¡Mira que si entraran ladrones! Y se bajó.

Al amanecer del día siguiente se presentó en casa del médico: había vuelto y se había marchado de nuevo al campo. Después Felicidad se quedó en la fonda, creyendo que unos desconocidos traerían una carta. Por fin, al apuntar el alba, tomó la diligencia de Lisieux.

El convento estaba al final de una callecita escarpada. A mitad de la cuesta, le llegaron unos sones extraños, un toque a muerto. «Es por otro», pensó; y tiró fuertemente de la aldaba.

A los pocos minutos arrastraron unas chancletas, se entreabrió la puerta y apareció una monja.

La buena de la hermana dijo, con aire compungido, que «acababa de pasar a mejor vida». Al mismo tiempo tocaban a muerto las campanas de Saint-Léonard.

Felicidad llegó al segundo piso.

Desde el umbral divisó a Virginia tendida de espaldas, las manos juntas, la boca abierta y la cabeza echada hacia atrás bajo una cruz negra inclinada sobre ella, entre las cortinas inmóviles, menos blancas que su cara. Madame Aubain, al pie de la cama, abrazada a ella, hipaba con estertores de agonía. A la derecha estaba, de pie, la superiora. Tres candeleros sobre la cómoda proyectaban unas manchas rojas, y la niebla blanqueaba las ventanas. Unas monjas se llevaron a madame Aubain.

Felicidad se quedó dos noches al lado de la muerta. Repetía las mismas oraciones, echaba agua bendita sobre las sábanas, volvía a sentarse, la contemplaba. Al final de la primera vela, observó que la cara se había puesto amarilla, los labios azulencos, la nariz afilada, los ojos hundidos. Se los besó varias veces; y no se habría asombrado mucho si Virginia los hubiera abierto; para estas almas, lo sobrenatural es completamente natural. La lavó, la envolvió en el sudario, la bajó al ataúd, le puso una corona, le extendió el pelo. Era rubio y extraordinariamente largo para su edad. Felicidad cortó un gran mechón y se guardó la mitad en el pecho, decidida a no desprenderse nunca de él.

El cadáver fue trasladado a Pont-l'Evêque, porque así lo dispuso madame Aubain, que seguía al carruaje fúnebre en un coche cerrado.

Después de la misa, tardaron tres cuartos de hora más en llegar al cementerio. Pablo iba en cabeza y llorando. Detrás monsieur Bourais, luego los principales habitantes, las mujeres, con mantones negros, y Felicidad. Pensaba en su sobrino y, como a él no había podido rendirle aquellos honores, era una tristeza doble, como si le enterraran con la otra.

La desesperación de madame Aubain rebasó todo límite.

Empezó por rebelarse contra Dios, acusándole de injusto por haberle quitado a su hija —¡a su hija, que nunca había hecho mal y tenía la conciencia tan pura!—. ¡Pero no!: ella debía haberla llevado al Midi. ¡Otros médicos la habrían salvado! Se acusaba, quería irse con ella, gritaba de angustia en medio de sus pesadillas. La obsesionaba sobre

todo una. Su marido, vestido de marine-
ro, volvía de un largo viaje y le decía
llorando que había recibido orden de
llevarse a Virginia. Entonces se concer-
taban para buscar un escondrijo en algún sitio.

Una vez volvió de la huerta como en-
loquecida. Acababan de aparecérsele (se-
ñalaba el lugar) el padre y la hija uno
tras otro, y no hacían nada; la miraban.

Pasó varios meses en su cuarto, iner-
te. Felicidad la sermoneaba bondadosa-
mente; tenía que vivir para su hijo, y
para la otra, en recuerdo «de ella».

—¿Ella? —exclamaba madame Aubain
como despertándose—. ¡Ah, sí...! ¡Sí...!
¡Tú no la olvidas! —alusión al cementerio, que a ella le había sido escrupulosa-
mente vedado.

Felicidad iba todos los días.

A las cuatro en punto salía, bordeaba las casas, subía la cuesta, abría la verja y llegaba a la tumba de Virginia. Era una pequeña columna de mármol rosa, con una losa al pie y unas cadenas en torno cerrando un jardincillo. Los arriates desaparecían bajo una alfombra de flores. Felicidad regaba las hojas, cambiaba la arena, se arrodillaba para remover mejor la tierra. Cuando madame Aubain pudo ir al cementerio, sintió un alivio, una especie de consuelo.

Y pasaron los años, todos iguales y sin más episodios que la repetición de las fiestas mayores: las Pascuas, la Asunción, Todos los Santos. Algunos acontecimientos domésticos marcaban una fecha, a la que se referían pasado el tiempo. Por ejemplo, en 1825, dos vidrieros embadurnaron el vestíbulo; en 1827, cayó al patio una parte del tejado y estuvo a punto de matar a un hombre. En el verano de 1828, le tocó a la señora ofrecer el pan bendito; por esta misma época se ausentó Bourais misteriosamente; y poco a poco se fueron yendo los viejos amigos: Gullot, Liébard, madame Lechaptois, Robelin, el tío Gremanville, paralítico desde hacía tiempo.

Una noche, el conductor del coche correo llevó a Pont-l'Evêque la noticia de la Revolución de Julio. A los pocos días llegó un nuevo subprefecto: el barón de Larsonnière, ex cónsul en América, y que tenía en su casa, además de su mujer, a su cuñada con tres hijas, ya bastante mayorcitas. Se las veía en el jardín, vestidas con unas batas flotantes; tenían un negro y un loro. Madame Aubain recibió su visita y no dejó de devolvérsela. En cuanto Felicidad las veía aparecer, por muy lejos que fuera, corría a avisar a su señora. Pero sólo una cosa era capaz de impresionar a madame Aubain: las cartas de su hijo.

Disipado en los cafés, no podía seguir ninguna carrera. La madre le pagaba las deudas, él contraía otras; y los suspiros que lanzaba madame Aubain haciendo punto junto a la ventana llegaban hasta Felicidad, que hilaba en la cocina.

Se paseaban juntas a lo largo del emparrado; y hablaban siempre de Virginia, preguntándose si esto o aquello le habría gustado, qué habría dicho probablemente en esta o aquella ocasión.

Todas sus cosas ocupaban un armario en la habitación de dos camas. Madame Aubain las revisaba de tarde en tarde. Un día de verano, se resignó; y volaron del armario las mariposas de la polilla.

Los vestidos estaban colocados bajo una tabla donde había tres muñecas, unos aros, un juego de cocina, la palangana que ella usaba. Sacaron también las falditas, las medias, los pañuelos, y lo extendieron todo sobre dos camas antes de volver a doblarlo. El sol iluminaba aquellas pobres prendas, destacando las manchas y las arrugas formadas por los movimientos del cuerpo. El aire era caliente y azul, gorjeaba un mirlo, todo parecía vivir en una profunda dulzura. Encontraron un sombrerito de felpa, de pelo largo, color marrón; estaba todo apolillado. Felicidad lo pidió para ella. Se miraron fijamente, se les llenaron de lágrimas los ojos; la señora acabó por abrir los brazos, la criada se arrojó en ellos; y se abrazaron, uniendo su dolor en un beso que las igualaba.

Era la primera vez en su vida, pues madame Aubain no tenía un carácter expansivo. Felicidad se lo agradeció como una donación, y desde entonces la quiso con una lealtad animal y una veneración religiosa.

La bondad de su corazón fue desarrollándose.

Cuando oía en la calle los tambores de un regimiento en marcha, salía a la puerta con un cántaro de sidra y ofrecía de beber a los soldados. Asistió a los enfermos de cólera. Protegía a los polacos;

y hasta hubo uno que le propuso casarse con él. Pero se enfadaron; pues una mañana, al volver Felicidad del ángelus, le encontró en la cocina, donde se había introducido y se había preparado una vinagreta que estaba comiendo tranquilamente.

Después de los polacos, fue el tío Colmiche, un viejo que tenía fama de haber hecho horrores el 93. Vivía a la orilla del río, en los escombros de una porqueriza. Los chicuelos le miraban por las rendijas de la pared y le tiraban piedras que caían en el camastro donde yacía, continuamente sacudido por un catarro, con el pelo muy largo, inflamados los párpados y en el brazo un tumor más grande que su cabeza. Felicidad le procuró ropa interior, trató de limpiar su tugurio, maquinaba trasladarle al amasadero de la casa, sin que molestara a la señora. Cuando reventó el cáncer, le vendaba todos los días, a veces, le llevaba bizcochos, le ponía al sol sobre una brazada de paja; y el pobre viejo, babeando y temblando, se lo agradecía con su voz apagada; tenía miedo de perderla, extendía las manos en cuanto la veía alejarse. Murió; Felicidad mandó decir una misa por el descanso de su alma.

Aquel día recibió una gran alegría: a la hora de comer se presentó el negro de madame de Larsonnière llevando el loro en su jaula, con su percha, la cadena y el candado. La baronesa le decía en una esquela a madame Aubain que habían ascendido a su marido a una prefectura y se marchaban aquella noche; y le rogaba que aceptase aquel pájaro, como recuerdo y en testimonio de sus respetos.

El loro ocupaba desde hacía mucho tiempo la imaginación de Felicidad, porque venía de América, y esta palabra le recordaba a Víctor, tanto que le hacía preguntas al negro. Una vez llegó a decir: «¡Cuánto le gustaría a la señora tenerlo!»

El negro se lo contó a su ama, y ésta, no pudiendo llevarlo, se deshacía de él de aquella manera.

IV

El loro se llamaba *Lulú*. Tenía el cuerpo verde, rosa la punta de las alas, la frente azul y el buche dorado.

Pero se empeñaba en la molesta manía de morder la percha, se arrancaba las plumas, esparcía su excremento, derramaba el agua del recipiente donde se bañaba; a madame Aubain la importunaba, y se lo dio para siempre a Felicidad.

Felicidad se dedicó a enseñarle; el loro no tardó en repetir: «¡Niño bonito! ¡Servidor, caballero! ¡Dios te salve, María!» Le había hecho un sitio detrás de la puerta, y a algunos les extrañaba que no contestara al nombre de *Perico*, pues todos los loros se llaman *Perico*. Decían que era un pavo, un adoquín: esto era para Felicidad como una puñalada. ¡Qué manía la de *Lulú* de dejar de hablar en cuanto le miraban!

Sin embargo, el loro buscaba la compañía; pues los domingos, mientras las señoritas Rochefeuille, monsieur de Houppeville y nuevos visitantes —Onfroy el boticario, monsieur Varin y el capitán Mathieu— jugaban su partida de cartas, *Lulú* pegaba en los cristales con las alas y armaba tal zambra que era imposible entenderse.

La cara de Bourais debía de hacerle mucha gracia. En cuanto le veía, empezaba a reír, a reír con todas sus fuerzas. El estrépito de su voz saltaba al patio, el eco lo repetía, los vecinos se asomaban a las ventanas, se reían también; y monsieur Bourais, para que el loro no le viera, andaba pegado a la pared, disimulando su perfil con el sombrero, llegaba al río y entraba por la puerta de la huerta; y las miradas que le echaba al pájaro no eran precisamente cariñosas.

El chico de la carnicería le había dado a *Lulú* un papirotazo, porque se había permitido meter la cabeza en su cesta; y desde entonces el loro trataba siempre de darle picotazos a través de la camisa. Fabu amenazaba con retorcerle el pescuezo, y eso que no era cruel, a pesar del tatuaje que tenía en los brazos y de las grandes patillas. Al contrario, al loro le tenía más bien simpatía, y hasta quiso divertirse enseñándole palabrotas. A Felicidad la asustaban estas cosas y lo puso en la cocina. Le quitó la cadena y el loro andaba suelto por la casa.

Cuando bajaba la escalera, apoyaba en los peldaños la curva del pico, levantaba la pata derecha, luego la izquierda; y Felicidad tenía miedo de que esta gimnasia le mareara. Se puso malo, no podía hablar ni comer. Era un bultito que tenía debajo de la lengua, como lo tienen a veces las gallinas. Felicidad lo curó, quitándole aquella costra con las uñas. Un día, el señorito Pablo cometió la imprudencia de soplarle en las narices el humo de un cigarro; otra vez que madame Lormeau se puso a hacerle rabiar con su sombrilla, le agarró con el pico la contera; por último se perdió.

Felicidad le había posado en la hierba para refrescarle y se alejó un momento; cuando volvió, el loro había desaparecido. Le buscó en los bardales, a la orilla del agua y por los tejados, sin escuchar a su señora, que le gritaba:

—¡Ten cuidado! ¡Estás loca!

Después se puso a buscarle por todos los jardines de Pont-l'Evêque; paraba a los transeúntes. «¿Ha visto usted por casualidad a mi loro?» A los que no le conocían se lo describía.

De pronto creyó distinguir detrás de los molinos, al pie de la cuesta, una cosa verde que revoloteaba. ¡Pero nada! Un buhonero le aseguró que lo había visto hacía un momento en Saint-Melaine, en la tienda de la tía Simon. Allá se fue corriendo. No sabían lo que quería decir. Por fin volvió, cansadísima, con las chancletas todas rotas, muerta de pena; y, sentada en medio del banco, junto a la señora, le estaba contando todas sus diligencias, cuando le cayó sobre el hombro un ligero peso: *¡Lulú!* ¿Qué diablos había estado haciendo? ¡A lo mejor había ido de paseo por los alrededores!

A Felicidad le costó trabajo reponerse del susto, o más bien no se repuso nunca.

Cogió un enfriamiento y le vino una angina; al poco tiempo, un dolor de oídos; al cabo de tres años, estaba sorda; hablaba muy alto, hasta en la iglesia. Aunque sus pecados podían difundirse por todos los pueblos de la diócesis sin deshonor para ella ni escándalo para el mundo, el señor cura juzgó oportuno no confesarla más que en la sacristía.

Unos zumbidos ilusorios acababan de trastornarla. Su señora solía decirle: «¡Dios mío, qué tonta eres!», y ella contestaba: «Sí, señora», buscando algo en torno suyo.

El pequeño círculo de sus ideas se redujo más aún, y ya no existían para ella el carillón de las campanas, el mugido de las vacas. Todos los seres funcionaban con el silencio de los fantasmas. Ahora ya sólo un ruido llegaba a sus oídos, la voz del loro.

Como para distraerla, reproducía el tictac del asador, el agudo pregón de un pescadero, la sierra del carpintero de enfrente; y cuando sonaba la campanilla, remedaba a madame Aubain: «¡Felicidad, la puerta, la puerta!»

Sostenían diálogos, él repitiendo hasta la saciedad las tres frases de su repertorio, y ella contestando con palabras que ya no tenían sentido, pero en las que le rebosaba el corazón. En su aislamiento, *Lulú* era casi un hijo, un novio. Le subía por los dedos, le mordisqueaba los labios, se le agarraba al chal; y cuando Felicidad bajaba la frente balanceando la cabeza como las nodrizas, las grandes alas del gorro y las alas del pájaro se estremecían juntas.

Cuando se amontonaban las nubes y retumbaba el trueno, *Lulú* se ponía a gritar, recordando quizá los aguaceros de sus selvas natales. El correr del agua le producía una especie de delirio; revoloteaba como loco, se subía al techo, lo tiraba todo, y se iba por la ventana a chapotear en la huerta; pero volvía enseguida a posarse en uno de los morillos, y, dando saltitos para secarse las plumas, tan pronto mostraba la cola como el pico.

Una mañana del terrible invierno de 1837, Felicidad, que le había puesto frente a la chimenea por el frío, le encontró muerto en medio de la jaula, cabeza abajo y agarrado con las uñas a los alambres. Debió de matarle una congestión. Felicidad creyó que le habían envenenado con perejil, y, aunque no tenía ninguna prueba, sospechó de Fabu.

Lloró tanto que su ama le dijo:

—¡Bueno, manda disecarlo!

Pidió consejo al boticario, que siempre había sido bueno para el loro.

El boticario escribió a Le Havre. Un tal Fellacher se encargó de esta tarea. Pero, como las diligencias extraviaban a veces los paquetes, Felicidad decidió llevarlo ella misma hasta Honfleur.

En las orillas de la carretera desfilaban los manzanos sin hojas. Las cunetas estaban cubiertas de hielo. Aullaban los perros en torno a las casas de labranza; y Felicidad, con las manos metidas debajo de la toquilla, con sus pequeños zuecos negros y su capacho, caminaba deprisa por el medio de la carretera.

Atravesó el bosque, pasó Haut-Chêne, llegó a Saint-Gatien.

Detrás de ella, un coche correo envuelto en una nube de polvo, y acelerando cuesta abajo a galope tendido, se precipitaba como una tromba. Viendo que aquella mujer no se apartaba, el conductor se asomó por encima de la capota y el postillón se puso también a gritar, mientras que los cuatro caballos, que no podía sujetar, aceleraban la marcha; los dos primeros la rozaban ya; el conductor, de un tirón de las bridas, los echó al borde, pero, furioso, levantó el brazo y volteándolo a todo lo que daba, le cruzó a Felicidad el cuerpo con la fusta desde el vientre hasta el moño, y el golpe fue tan fuerte que la tumbó de espaldas.

Cuando recobró el conocimiento, lo primero que hizo fue abrir la cesta. Por suerte, *Lulú* no tenía nada. Sintió una quemadura en la mejilla derecha; se llevó a ella las manos y se le pusieron rojas. Sangraba.

Se sentó en un montón de grava, se taponó la cara con el pañuelo, después comió un mendrugo de pan que había puesto en la cesta por precaución. Y se consolaba de su herida mirando al pájaro.

Al llegar al alto de Ecquemauville, vio las luces de Honfleur, que centelleaban en la noche como estrellas; más lejos, se extendía confusamente el mar. Un desfallecimiento la hizo detenerse; y volvieron en tropel, como las olas de una marea, apretándole la garganta, la miseria de su infancia, la decepción del primer amor, la partida de su sobrino, la muerte de Virginia.

Después quiso hablar con el capitán del barco; y, sin decir lo que iba en el paquete, le pidió que lo cuidaran bien.

Fellacher tardó mucho en devolver el loro. Prometía siempre mandarlo la semana siguiente; al cabo de seis meses, anunció que salía una caja; y no se habló más del asunto. Era cosa de creer que *Lulú* no volvería nunca.

«¡Me lo habrán robado!», pensaba Felicidad.

Por fin llegó, y llegó espléndido, muy erguido en una rama de árbol atornillada en una peana de caoba, una pata en el aire, la cabeza entornada, y mordiendo una nuez, que el disecador, por amor a lo grandioso, había pintado de purpurina.

Felicidad lo puso en su cuarto.

Este lugar, donde dejaba entrar a poca gente, parecía una mezcla de capilla y de bazar, tan lleno como estaba de objetos religiosos y de cosas heteróclitas.

Había un gran armario que estorbaba para abrir la puerta. Enfrente de la ventana, dando a la huerta, un ojo de buey mirando al patio; junto al catre de tijera, una mesa con un jarro de agua, dos peines y un pedazo de jabón azul en un plato desportillado. En las paredes se veían rosarios, medallas, varias vírgenes, una pila de agua bendita hecha de una cáscara de coco; sobre la cómoda, cubierta con un paño como un altar, la caja de conchas que le había regalado Víctor; además una regadera y un globo, cuadernos de caligrafía, la geografía en estampas, un par de botinas; y, en el clavo del espejo, el sombrerito de felpa colgado por las cintas. Felicidad llevaba tan lejos esta clase de respeto que hasta conservaba una levita del señor. Todas las antiguallas que ya no quería madame Aubain las cogía ella para su cuarto. Así es que había flores artificiales en el borde de la cómoda, y el retrato del conde Artois en el hueco de la claraboya. *Lulú* quedó acomodado sobre una tablilla clavada en un saliente de la chimenea. Por las mañanas, al despertarse, Felicidad lo veía a la luz del alba, y entonces se acordaba de los días desaparecidos, y de cosas insignificantes, hasta en los menores detalles, y se acordaba sin dolor, plena de tranquilidad.

Como no trataba con nadie, vivía en un torpor de sonámbula. Las procesiones del Corpus la reanimaban. Iba a pedir a los vecinos antorchas y esteras para adornar el altar que levantaban en la calle.

En la iglesia, se quedaba siempre contemplando al Espíritu Santo, y observó que tenía algo del loro. Su semejanza le pareció más manifiesta aún en una imagen de Epinal que representaba el bautismo de Nuestro Señor. Con sus alas de púrpura y su cuerpo de esmeralda, era el vivo retrato de *Lulú*.

Compró esta estampa y la colgó en el lugar del conde Artois; de suerte que, de una misma ojeada, los veía juntos. Se unieron en su pensamiento, santificado el loro por aquella relación con el Espíritu Santo, que así resultaba para ella más viva y más inteligible. El Padre, para expresarse, no había podido elegir una paloma, porque estos animales no tienen voz, sino más bien un antepasado de *Lulú*. Y Felicidad rezaba mirando la imagen, pero de vez en cuando se volvía un poco hacia el pájaro.

Le dieron ganas de hacerse de las hijas de María. Madame Aubain la disuadió.

Surgió un acontecimiento importante: la boda de Pablo.

Después de haber sido pasante de notario, de trabajar en el comercio, en la aduana, en las contribuciones, y hasta de haber dado los pasos para ríos y bosques, de pronto, a los treinta y seis años, por inspiración del cielo, descubrió su camino: ¡el registro! Y demostró en esto tan altas facultades, que un inspector le ofreció su hija, prometiéndole su protección.

Pablo, convertido en hombre serio, la llevó a casa de su madre.

La nuera denigró las costumbres de Pont-l'Evêque, se dio humos de princesa, trató con desprecio a Felicidad. Cuando se marchó, madame Aubain sintió un alivio.

A la semana siguiente se supo que monsieur Bourais había muerto en una fonda de la baja Bretaña. El rumor de un suicidio se confirmó; surgieron dudas sobre su probidad. Madame Aubain estudió sus cuentas, y no tardó en conocer la retahíla de sus fechorías: desfalcos de atrasos, ventas de madera escamoteadas, recibos falsos, etcétera. Además, tenía un hijo natural y «relaciones con una de Dozulé».

Estas truhanerías la disgustaron mucho.

En marzo de 1853, le dio un dolor en el pecho; tenía la lengua como cubierta de humo, las sanguijuelas no calmaron la opresión; y a los nueve días expiró, a los sesenta y dos años recién cumplidos.

La creían menos vieja, por el pelo castaño, que le rodeaba el rostro pálido, picado de viruelas. Pocos amigos la lloraron, pues sus maneras eran de una altivez que distanciaba a la gente.

Felicidad la lloró como no se llora a los amos. Que la señora muriera antes que ella no le cabía en la cabeza, le parecía contrario al orden de las cosas, inadmisible y monstruoso.

A los diez días (el tiempo necesario para acudir desde Besançon), llegaron los herederos. La nuera registró los cajones, eligió algunos muebles, vendió otros, después se volvieron al registro.

¡Se fueron la butaca de la señora, su velador, su rejilla, las ocho sillas! En el lugar donde estuvieron los grabados se destacaban ahora unos cuadrados amarillos en medio de las paredes. Se habían llevado las dos cunas, con sus colchones, y en el armario ya no quedaba nada de los enseres de Virginia. Felicidad subió las escaleras, muerta de tristeza. Al día siguiente había un anuncio en la puerta; el boticario le gritó al oído que la casa estaba en venta.

Felicidad se tambaleó, tuvo que sentarse.

Lo que más pena le daba era abandonar su cuarto, tan cómodo para el pobre *Lulú*. Envolviéndole en una mirada de angustia, imploraba al Espíritu Santo, y contrajo la costumbre idólatra de rezar sus oraciones arrodillada ante el loro. A veces entraba el sol por la claraboya y daba en el ojo de vidrio de *Lulú*, haciendo salir de él un gran rayo luminoso que ponía en éxtasis a Felicidad.

Tenía una renta de trescientos ochenta francos que le había legado su señora. La huerta la abastecía de verduras. En cuanto a la ropa, tenía para vestirse hasta el fin de sus días, y economizaba la luz acostándose al anochecer.

Apenas salía, por evitar la tienda del

chamarilero, donde estaban expuestos algunos de los antiguos muebles. Desde que le dio el mareo, arrastraba una pierna; y como sus fuerzas iban disminuyendo, la tía Simon, arruinada en la tienda de comestibles, iba todas las mañanas a partirle la leña y a bombearle el agua.

Fue perdiendo vista. Ya no se abrían las persianas. Pasaron muchos años. Y la casa no se alquilaba y no se vendía.

Felicidad, por miedo de que la echaran, no pedía ninguna reparación. Las viguetas del techo se iban pudriendo. Pasó todo un invierno cayéndole una gotera en la almohada. Después de las Pascuas, escupió sangre.

La tía Simon llamó a un médico. Felicidad quiso saber lo que tenía. Pero, como estaba muy sorda, sólo oyó una palabra: «neumonía». Aquello le era conocido, y contestó apaciblemente: «¡Ah, como la señora!», pareciéndole muy natural seguir a su ama.

Se acercaba el momento de los altares del Corpus.

El primero estaba siempre al pie de la cuesta, el segundo delante de la posta, el tercero hacia el medio de la calle. A propósito de éste hubo rivalidades, y las feligresas acabaron por elegir el patio de madame Aubain.

Aumentaron las opresiones de la fiebre. Felicidad estaba muy triste por no hacer nada para el altar. ¡Si siquiera hubiera podido poner algo en él! Entonces pensó en el loro. Eso no estaba bien, objetaron las vecinas. Pero el cura dio permiso; Felicidad se puso tan contenta que le pidió que, cuando ella se muriera, aceptara a *Lulú*, su única hacienda.

Del martes al sábado, víspera del Corpus, tosió más. Por la noche se le contrajo el rostro, se le pegaron los labios a las encías, sobrevinieron vómitos.

Y al día siguiente, al amanecer, sintiéndose muy mal, mandó llamar a un sacerdote.

Tres buenas mujeres la rodeaban durante la extremaunción. Después dijo que tenía que hablar con Fabu.

Llegó vestido de domingo, muy a disgusto en aquella atmósfera lúgubre.

—¡Perdóneme —le dijo haciendo un esfuerzo—, pensé que había sido usted quien le mató!

¿Qué chismes eran aquéllos? ¡Sospechar que había cometido un asesinato, un hombre como él! Y se indignaba, iba a armar un escándalo. «¡Ya ve que ha perdido la cabeza!»

De vez en cuando Felicidad hablaba a unas sombras. Las buenas mujeres se fueron. La Simon almorzó.

Luego cogió a *Lulú* y, acercándoselo a Felicidad:

—¡Ande, despídase de él!

Aunque no era un cadáver, le devoraban los gusanos, tenía un ala rota, se le salía la estopa del vientre. Pero Felicidad, ya ciega, le besó en la frente y lo sujetaba contra su cara. La Simon se lo quitó para volver a ponerlo en el altar.

V

Los prados despedían un olor a verano; zumbaban las moscas; el sol hacía resplandecer el río, recalentaba las pizarras. La tía Simon, de nuevo en el cuarto de Felicidad, se dormía apaciblemente.

La despertaron unas campanadas; la gente salía de las vísperas. Felicidad dejó de delirar. Pensando en la procesión, la veía como si la siguiera.

Por las aceras iban todos los niños de las escuelas, los chantres y los bomberos, mientras que por mitad de la calle iban en primer lugar: el suizo armado con su alabarda, el sacristán con una gran cruz, el maestro vigilando a los chiquillos, la monja preocupada por sus niñas; tres de las más monas, rizadas como angelitos, echaban al aire pétalos de rosas; el diácono, con los brazos abiertos, moderaba la música; y dos monaguillos con los incensarios se volvían a cada paso hacia el Santo Sacramento, que llevaba el señor cura, vistiendo su preciosa casulla, bajo un palio rojo carmesí sostenido por cuatro fabriqueros. Detrás se empujaba el gentío, entre las colgaduras blancas que cubrían la pared de las casas; y llegaron al pie de la cuesta.

A Felicidad le mojaba las sienes un sudor frío. La Simon se lo enjugaba con un paño blanco, diciéndose que ella también pasaría algún día por aquel trance.

El murmullo de la multitud fue subiendo; por un momento llegó a ser muy fuerte; se alejó.

Una descarga hizo trepidar los cristales. Eran los postillones saludando a la custodia. Felicidad abrió los ojos y, lo menos bajo que pudo, dijo:

—¿Está bien? —preocupada por el loro.

Empezó la agonía. Un estertor, cada vez más precipitado, le levantaba las costillas. Le salían espumarajos por las comisuras de la boca, y le temblaba todo el cuerpo.

No tardó en distinguirse el ronquido de los fieles, las claras voces de los niños, la voz profunda de los hombres. De vez en cuando callaba todo, y el golpear de los pasos, amortiguado por las flores, era como el ruido de un rebaño pisando sobre la hierba.

Apareció el clero en el patio. La Simon se encaramó a una silla para alcanzar la claraboya, y así dominaba el altar.

Guirnaldas verdes pendían sobre él, adornado con un volante de punto de Inglaterra. En el centro, un cuadrito que contenía reliquias, en los extremos dos naranjos, y, a todo lo largo, candeleros de plata y floreros de porcelana con girasoles, lirios, peonías, digitales, ramas de hortensias. Este montón de colores esplendorosos descendía oblicuamente desde el primer piso hasta la alfombra, prolongándose por el pavimento; y llamaban la atención algunas cosas raras. Un azucarero de plata dorada tenía una corona de violetas, relucían en el musgo colgantes de piedras de Alençon, mostraban sus paisajes dos abanicos chinos.

A *Lulú*, escondido bajo las rosas, no se le veía más que la frente, azul como una placa de lapislázuli.

Los fabriqueros, los chantres, los niños se alinearon en los tres lados del patio. El sacerdote subió lentamente los escalones y posó sobre el encaje su gran sol de oro reluciente. Todos se arrodillaron. Se hizo un gran silencio, y los incensarios, pendientes de sus cadenas, giraban a todo vuelo.

Un vapor de azur ascendió en el cuarto de Felicidad. Adelantó la nariz aspirándolo con una sensualidad mística; luego cerró los ojos. Sus labios sonreían. Los latidos de su corazón se fueron amortiguando uno a uno, más tenues cada vez, más espaciados, como un manantial que se va agotando, como un eco que se va extinguiendo; y cuando exhaló el último suspiro, creyó ver en el cielo entreabierto un loro gigantesco planeando sobre su cabeza.